優しき歌

立原道造

角川文庫
23945

目次

詩集　萱草《わすれぐさ》に寄す　9
SONATINE NO. 1
はじめてのものに　10
またある夜に　12
晩《おそ》き日の夕べに　14
わかれる昼に　16
のちのおもひに　18
夏花の歌
その一　20
その二　22
SONATINE NO. 2
虹とひとと　24
夏の弔ひ　26
忘れてしまつて　28
詩集　暁と夕の詩　31
Ⅰ　或る風に寄せて　32
Ⅱ　やがて秋……　34
Ⅲ　小譚詩　36
Ⅳ　眠りの誘ひ　38
Ⅴ　真冬の夜の雨に　40
Ⅵ　失なはれた夜に　42
Ⅶ　溢れひたす闇に　44
Ⅷ　眠りのほとりに　46

IX さまよひ 48
X 朝やけ 50
詩集 優しき歌 I 53
燕の歌 54
うたふやうにゆつくりと…… 56
薊《あざみ》の花のすきな子に
I 憩らひ 58
II 虹の輪 60
III 窓下楽 62
IV 薄明 64
V 民謡 66
鳥啼くときに 68
甘たるく感傷的な歌 70
ひとり林に……
I ひとり林に…… 72
II 真冬のかたみに…… 74
浅き春に寄せて 76
詩集 優しき歌 II 79
序の歌 80
I 爽やかな五月に 82
II 落葉林で 84
III さびしき野辺 86
IV 夢のあと 88
V また落葉林で 90

Ⅵ　朝　に　92
Ⅶ　また昼に　94
Ⅷ　午後に　96
Ⅸ　樹木の影に　98
Ⅹ　夢みたものは……　100
草稿詩篇（一九三二－三三）　103
お時計の中には　104
夏（白い往来）　106
へんな出発　107
午　睡　108
問　答　109
正　午（日向の猫は）　110
成　長　111
黄　昏（片仮名の《リ》と）　112
手製詩集　さふらん　115
ガラス窓の向うで　116
脳髄のモーターのなかに　117
コップに一ぱいの海がある　118
忘れてゐた　119
庭に干瓢が乾してある　120
高い籬に沿つて　121
胸にゐる　122
長いまつげのかげ　123
昔の夢と思ひ出を　124

ゆくての道 125
月夜のかげは大きい 126
小さな穴のめぐりを 127
手製詩集　日曜日 129
風が…… 130
唄 131
春 133
日記 134
旅行 136
田園詩 138
僕は 139
暦 140
愛情 141
帽子 142
跋…… 143
手製詩集　散歩詩集 145
魚の話 146
村の詩　朝・昼・夕 148
食後 151
日課 152
草稿詩篇（一九三三－三五） 155
夜（林檎が一つ） 156
眠りのなかで 157

噴　水　158
雨（やさしい鳩たち）　159
鏡　160
卑怯の歌　162
白　164
日暮に近い部屋のなかで　166
だのに　だのに　と僕は　168
僕は三文詩人に　170
しあはせな一日は　171
いつそインキと紙が　172
書くことは　174
巣立ち　176
夏　178
林　空　180

未刊詩集　田舎歌　181
Ⅰ　村ぐらし　182
Ⅱ　詩　は　186
Ⅲ　一日は……　190

拾遺詩篇（一九三五－三八）　195
小さな墓の上に　196
旅　装　198
風に寄せて（その一、二）　200
離　愁　204
旅の手帖　206
孤独の日の真昼　208

みまかれる美しきひとに 210
夜想楽 212
逝く昼の歌 214
ゆふすげびと 216
追憶 218
不思議な川辺で 220
風に寄せて（その一～五） 224
麦藁帽子 234
魂を鎮める歌 235
草稿詩篇（一九三八） 239
夕映の中に 240
夜泉のほとりに 242
一日 244
私のかへつて来るのは 249
優しき歌―光のなかで 251
地のをはりの 253
北 256
アダジオ 257
風詩 258
恢復 259
優しき歌 260
優しき歌―旅のをはりに 262
灼ける熱情となつて 264
朝に 266
南国の空青けれど 268
年譜　中沢弥 271

詩集　萱草《わすれぐさ》に寄す

SONATINE NO. 1

はじめてのものに

ささやかな地異は　そのかたみに
灰を降らした　この村に　ひとしきり
灰はかなしい追憶のやうに　音立てて
樹木の梢に　家々の屋根に　降りしきつた

その夜　月は明かつたが　私はひとと
窓に凭れて語りあつた（その窓からは山の姿が見えた）
部屋の隅々に　峡谷のやうに　光と
よくひびく笑ひ声が溢れてゐた

――人の心を知ることは……人の心とは……
私は　そのひとが蛾を追ふ手つきを　あれは蛾を
把へようとするのだらうか　何かいぶかしかつた

いかな日にみねに灰の煙の立ち初めたか
火の山の物語と……また幾夜さかは　果して夢に
その夜習つたエリーザベトの物語を織つた

またある夜に

私らはたたずむであらう　霧のなかに
霧は山の沖にながれ　月のおもを
投箭のやうにかすめ　私らをつつむであらう
灰の帷のやうに

私らは別れるであらう　知ることもなしに
知られることもなく　あの出会つた
雲のやうに　私らは忘れるであらう
水脈のやうに

その道は銀の道　私らは行くであらう
ひとりはなれ……（ひとりはひとりを
夕ぐれになぜ待つことをおぼえたか）

私らは二たび逢はぬであらう　昔おもふ
月のかがみはあのよるをうつしてゐると
私らはただそれをくりかへすであらう

晩《おそ》き日の夕べに

大きな大きなめぐりが用意されてゐるが
だれにもそれとは気づかれない
空にも　雲にも　うつろふ花らにも
もう心はひかれ誘はれなくなつた

夕やみの淡い色に身を沈めても
それがこころよさとはもう言はない
啼いてすぎる小鳥の一日も
とほい物語と唄を教へるばかり

しるべもなくて来た道に
道のほとりに　なにをならつて
私らは立ちつくすのであらう

私らの夢はどこにめぐるのであらう
ひそかに　しかしいたいたしく
その日も　あの日も賢いしづかさに？

わかれる昼に

ゆさぶれ　青い梢を
もぎとれ　青い木の実を
ひとよ　昼はとほく澄みわたるので
私のかへつて行く故里が　どこかにとほくあるやうだ

何もみな　うつとりと今は親切にしてくれる
追憶よりも淡く　すこしもちがはない静かさで
単調な　浮雲と風のもつれあひも
きのふの私のうたつてゐたままに

弱い心を　投げあげろ
噛みすてた青くさい核《たね》を放るやうに
ゆさぶれ　ゆさぶれ

ひとよ
いろいろなものがやさしく見いるので
唇を噛んで　私は憤ることが出来ないやうだ

のちのおもひに

夢はいつもかへって行った　山の麓のさびしい村に
水引草に風が立ち
草ひばりのうたひやまない
しづまりかへった午さがりの林道を

うららかに青い空には陽がてり　火山は眠ってゐた
——そして私は
見て来たものを　島々を　波を　岬を　日光月光を
だれもきいてゐないと知りながら　語りつづけた……

夢は　そのさきには　もうゆかない
なにもかも　忘れ果てようとおもひ
忘れつくしたことさへ　忘れてしまつたときには

夢は　真冬の追憶のうちに凍るであらう
そして　それは戸をあけて　寂寥のなかに
星くづにてらされた道を過ぎ去るであらう

夏花の歌

その一

空と牧場のあひだから　ひとつの雲が湧きおこり
小川の水面に　かげをおとす
水の底には　ひとつの魚が
身をくねらせて　日に光る

それはあの日の夏のこと！
いつの日にか　もう返らない夢のひととき
黙つた僕らは　足に藻草をからませて
ふたつの影を　ずるさうにながれにまかせ揺らせてゐた

……小川の水のせせらぎは
けふもあの日とかはらずに
風にさやさや　ささやいてゐる

あの日のをとめのほほゑみは
なぜだか僕は知らないけれど
しかし　かたくつめたく　横顔ばかり

その二

あの日たち　羊飼ひと娘のやうに
たのしくばつかり過ぎつつあつた
何のかはつた出来事もなしに
何のあたらしい悔いもなしに

あの日たち　とけない謎のやうな
ほほゑみが　かはらぬ愛を誓つてゐた
薊の花やゆふすげにいりまじり
稚い　いい夢がゐた──いつのことか！

どうぞ　もう一度　帰つておくれ
青い雲のながれてゐた日
あの昼の星のちらついてゐた日……

あの日たち　あの日たち　帰つておくれ
僕は　大きくなつた　溢れるまでに
僕は　かなしみ顫へてゐる

SONATINE NO. 2

虹とひとと

雨あがりのしづかな風がそよいでゐた　あのとき
叢は露の雫にまだ濡れて　蜘蛛の念珠《おじゆず》も光つてゐた
東の空には　ゆるやかな虹がかかつてゐた
僕らはだまつて立つてゐた　黙つて！

ああ何もかもあのままだ　おまへはそのとき
僕を見上げてゐた　僕には何もすることがなかつたから
（僕はおまへを愛してゐたのに）
（おまへは僕を愛してゐたのに）

また風が吹いてゐる　また雲がながれてゐる
明るい青い暑い空に　何のかはりもなかつたやうに
小鳥のうたがひびいてゐる　花のいろがにほつてゐる
おまへの睫毛にも　ちひさな虹が憩んでゐることだらう
（しかしおまへはもう僕を愛してゐない
僕はもうおまへを愛してゐない）

夏の弔ひ

逝いた私の時たちが
私の心を金《きん》にした　傷つかぬやう傷は早く愎るやうにと
昨日と明日との間には
ふかい紺青の溝がひかれて過ぎてゐる

投げて捨てたのは
涙のしみの目立つ小さい紙のきれはしだつた
泡立つ白い波のなかに　或る夕べ
何もがすべて消えてしまつた！　筋書どほりに

それから　私は旅人になり　いくつも過ぎた
月の光にてらされた岬々の村々を
暑い　涸いた野を

おぼえてゐたら！　私はもう一度かへりたい
どこか？　あの場所へ（あの記憶がある
私が待ち　それを　しづかに諦めた――）

忘れてしまつて

深い秋が訪れた！（春を含んで）
湖は陽にかがやいて光つてゐる
鳥はひろいひろい空を飛びながら
色どりのきれいな山の腹を峡の方に行く

葡萄も無花果も豊かに熟れた
もう穀物の収穫ははじまつてゐる
雲がひとつふたつながれて行くのは
草の上に眺めながら寝そべつてゐよう

私は　ひとりに　とりのこされた！
私の眼はもう凋落を見るにはあまりに明るい
しかしその眼は時の祝祭に耐へないちひささ！

このままで　暖かな冬がめぐらう
風が木の葉を播き散らす日にも――私は信じる
静かな音楽にかなふ和やかだけで　と

詩集　暁と夕の詩

Ⅰ　或る風に寄せて

おまへのことでいつぱいだつた　西風よ
たるんだ唄のうたひやまない　雨の昼に
とざした窓のうすあかりに
さびしい思ひを噛みながら

おぼえてゐた　をののきも　顫へも
あれは見知らないものたちだ……
夕ぐれごとに　かがやいた方から吹いて来て
あれはもう　たたまれて　心にかかつてゐる

おまへのうたつた　とほい調べだ——
誰がそれを引き出すのだらう　誰が
それを忘れるのだらう……さうして

夕ぐれが夜に変るたび　雲は死に
そそがれて来るうすやみのなかに
おまへは　西風よ　みんななくしてしまつた　と

II　やがて秋……

やがて　秋が　来るだらう
夕ぐれが親しげに僕らにはなしかけ
樹木が老いた人たちの身ぶりのやうに
あらはなかげをくらく夜の方に投げ

すべてが不確かにゆらいでゐる
かへってしづかなあさい吐息のやうに……
（昨日でないばかりに　それは明日）と
僕らのおもひは　ささやきかはすであらう

――秋が　かうして　かへつて来た
さうして　秋がまた　たたずむ　と
ゆるしを乞ふ人のやうに……

やがて忘れなかつたことのかたみに
しかし　かたみなく　過ぎて行くであらう
秋は……さうして……ふたたびある夕ぐれに――

Ⅲ　小譚詩

一人はあかりをつけることが出来た
そのそばで　本をよむのは別の人だつた
しづかな部屋だから　低い声が
それが隅の方にまで　よく聞えた（みんなはきいてゐた）

一人はあかりを消すことが出来た
そのそばで　眠るのは別の人だつた
糸紡ぎの女が子守の唄をうたつてきかせた
それが窓の外にまで　よく聞えた（みんなはきいてゐた）

幾夜も幾夜もおんなじやうに過ぎて行つた……
風が叫んで　塔の上で　雄鶏が知らせた
――兵士《ジアツク》は旗を持て　驢馬は鈴を掻き鳴らせ！

それから　朝が来た　ほんたうの朝が来た
また夜が来た　また　あたらしい夜が来た
その部屋は　からつぽに　のこされたままだつた

Ⅳ　眠りの誘ひ

おやすみ　やさしい顔した娘たち
おやすみ　やはらかな黒い髪を編んで
おまへらの枕もとに胡桃色にともされた燭台のまはりには
快活な何かが宿つてゐる（世界中はさらさらと粉の雪）

私はいつまでもうたつてゐてあげよう
私はくらい窓の外に　さうして窓のうちに
それから　眠りのうちに　おまへらの夢のおくに
それから　くりかへしくりかへして　うたつてゐてあげよう

ともし火のやうに
風のやうに　星のやうに
私の声はひとふしにあちらこちらと……

するとおまへらは　林檎の白い花が咲き
ちひさい緑の実を結び　それが快い速さで赤く熟れるのを
短い間に　眠りながら　見たりするであらう

V　真冬の夜の雨に

あれらはどこに行つてしまつたか？
なんにも持つてゐなかつたのに
みんな　とうになくなつてゐる
どこか　とほく　知らない場所へ

真冬の雨の夜は　うたつてゐる
待つてゐた時とかはらぬ調子で
しかし帰りはしないその調子で
とほく　とほい　知らない場所で

なくなつたものの名前を　耐へがたい
つめたいひとつ繰りかへしで——
それさへ　僕は　耳をおほふ

時のあちらに　あの青空の明るいこと！
その望みばかりのこされた　とは　なぜいはう
だれとも知らない　その人の瞳の底に？

VI　失なはれた夜に

灼けた瞳が　灼けてゐた
青い眸でも　茶色の瞳でも
なかつた　きらきらしては
僕の心を　つきさした

泣かさうとでもいふやうに
しかし　泣かしはしなかつた
きらきら　僕を撫でてゐた
甘つたれた僕の心を嘗めてゐた

灼けた瞳は　動かなかつた
青い眸でも　茶色の瞳でも
あるかのやうに　いつまでも

灼けた瞳は　しづかであつた！
太陽や香のいい草のことなど忘れてしまひ
ただかなしげに　きらきら　きらきら　灼けてゐた

Ⅶ　溢れひたす闇に

美しいものにならほほゑむがよい
涙よいつまでもかわかずにあれ
陽は大きな景色のあちらに沈みゆき
あのものがなしい月が燃え立つた

つめたい！　光にかがやかされて
さまよひ歩くかよわい生き者たちよ
己はどこに住むのだらう――答へておくれ
夜にそれとも昼に　またうすらあかりに？

己は　嘗てだれであつたのだらう？
（誰でもなく　誰でもいい　誰か――）
己は　恋する人の影を失つたきりだ

ふみくだかれてもあれ　己のやさしかつた望み
己はただ眠るであらう　眠りのなかに
遺された一つの憧憬に溶けいるために

Ⅷ　眠りのほとりに

沈黙は　青い雪のやうに
やさしく　私を襲ひ……
私は　射とめられた小さい野獣のやうに
眠りのなかに　身をたふす　やがて身動きもなしに

ふたたび　ささやく　失はれたしらべが
春の浮雲と　小鳥と　花と　影とを　呼びかへす
しかし　それらはすでに私のものではない
あの日　手をたれて歩いたひとりぼつちの私の姿さへ

私は　夜に　あかりをともし　きらきらした眠るまへの
そのあかりのそばで　それらを溶かすのみであらう
夢のうちに　夢よりもたよりなく――

影に住み　そして時間が私になくなるとき
追憶はふたたび　嘆息のやうに　沈黙よりもかすかな
言葉たちをうたはせるであらう

IX　さまよひ

夜だ――すべての窓に　燈はうばはれ
道が　そればかり　ほのかに明く　かぎりなく
つづいてゐる……それの上を行くのは
僕だ　ただひとり　ひとりきり　何ものをもとめるとなく

月は　とうに沈みゆき　あれらの
やさしい音楽のやうに　微風もなかつたのに
ゆらいでゐた景色らも　夢と一しよに消えた
僕は　ただ　眠りのなかに　より深い眠りを忘却を追ふ……

いままた　すべての愛情が僕に注がれるとしたら
それを　僕の掌はささへるに　あまりにうすく
それの重みに　よろめきたふれるにはもう涸ききつた！

朝やけよ！　早く来い——眠りよ！　覚めよ……
つめたい灰の霧にとざされ　僕らを凍らす　粗い日が
訪れるとき　さまよふ夜よ　夢よ　ただ悔恨ばかりに！

X　朝やけ

昨夜の眠りの　よごれた死骸の上に
腰をかけてゐるのは　だれ？
その深い　くらい瞳から　今また
僕の汲んでゐるものは　何ですか？

こんなにも　牢屋《ひとや》めいた部屋うちを
あんなに　御堂のやうに　きらめかせ　はためかせ
あの音楽はどこへ行つたか
あの形象《かたち》はどこへ過ぎたか

ああ　そこには　だれがゐるの？
むなしく　空しく　移る　わが若さ！
僕はあなたを　待つてはをりやしない

それなのにぢつと　それのベツトのはしに腰かけ
そこに見つめてゐるのは　だれですか？
昨夜の眠りの秘密を　知つて　奪つたかのやうに

詩集　優しき歌　I

燕の歌

春来にけらし春よ春
まだ白雪の積れども
――草枕

灰色に　ひとりぼつちに　僕の夢にかかつてゐる
とほい村よ
あの頃　ぎぼうしゆとすげが暮れやすい花を咲き
山羊が啼いて　一日一日　過ぎてゐた

やさしい朝でいつぱいであつた――
お聞き　春の空の山なみに
お前の知らない雲が焼けてゐる　明るく　そして消えながら
とほい村よ

僕はちつともかはらずに待つてゐる
あの頃も　今日も　あの向うに
かうして僕とおなじやうに人はきつと待つてゐると

やがてお前の知らない夏の日がまた帰つて
僕は訪ねて行くだらう　お前の夢へ　僕の軒へ
あのさびしい海を望みと夢は青くはてなかつたと

うたふやうにゆつくりと……

日なたには　いつものやうに　しづかな影が
こまかい模様を編んでゐた　淡く　しかしはつきりと
花びらと　枝と　梢と――何もかも……
すべては　そして　かなしげに　うつら　うつらしてゐた

私は待ちうけてゐた　一心に　私は
見つめてゐた　山の向うの　また
山の向うの空をみたしてゐるきらきらする青を
ながされて行く浮雲を　煙を……

古い小川はまたうたつてゐた　小鳥も
たのしくさへづつてゐた　きく人もゐないのに
風と風とはささやきかはしてゐた　かすかな言葉を

ああ　不思議な四月よ！　私は　心もはりさけるほど
待ちうけてゐた　私の日々を優しくするひとを
私は　見つめてゐた――風と　影とを……

薊《あざみ》の花のすきな子に

Ⅰ　憩らひ

——薊のすきな子に——

風は　或るとき流れて行つた
絵のやうな　うすい緑のなかを、
ひとつのたつたひとつの人の言葉を
はこんで行くと　人は誰でもうけとつた

ありがたうと　ほほゑみながら。
開きかけた花のあひだに
色をかへない青い空に
鐘の歌に溢れ　風は澄んでゐた、

気づかはしげな恥らひが、
そのまはりを　かろい翼で
にほひながら　羽ばたいてゐた……

何もかも　あやまちはなかつた
みな　猟人《かりうど》も盗人もゐなかつた
ひろい風と光の万物の世界であつた。

II　虹の輪

あたたかい香りがみちて　空から
花を播き散らす少女の天使の掌が
雲のやうにやはらかに　覗いてゐた
おまへは僕に凭れかかりうつとりとそれを眺めてゐた

夜が来ても　小鳥がうたひ　朝が来れば
叢に露の雫が光つて見えた――真珠や
滑らかな小石や刃金の叢に　ふたりは
やさしい樹木のやうに腕をからませ　をののいてゐた

吹きすぎる風の　ほほゑみに　撫でて行く
朝のしめつたそよ風の……さうして
一日《ひとひ》が明けて行つた　暮れて行つた

おまへの瞳は僕の瞳をうつし　そのなかに
もつと遠くの深い空や昼でも見える星のちらつきが
こころよく　こよない調べを奏でくりかへしてゐた

Ⅲ　窓下楽

昨夜は　夜更けて
歩いて　町をさまよつたが
ひとつの窓はとぢられて
あかりは僕からとほかつた

いいや！　あかりは僕のそばにゐた
ひとつの窓はとぢられて
かすかな寝息が眠つてゐた
とほい　やさしい唄のやう！

こつそりまねてその唄を僕はうたつた
それはたいへんまづかつた
昔の　こはれた笛のやう！

僕はあわてて逃げて行つた
あれはたしかにわるかつた
あかりは消えた　どこへやら？

Ⅳ　薄明

音楽がよくきこえる
だれも聞いてゐないのに
ちひさなフーガが　花のあひだを
草の葉のあひだを　染めてながれる

窓をひらいて　窓にもたれればいい
土の上に影があるのを　眺めればいい
ああ　何もかも美しい！　私の身体の
外に　私を囲んで暖く香《かをり》よくにほふひと

私は　ささやく　おまへにまた一度
――はかなさよ　ああ　このひとときとともにとどまれ
うつろふものよ　美しさとともに滅びゆけ！

やまない音楽のなかなのに
小鳥も果実《このみ》も高い空で眠りに就き
影は長く　消えてしまふ――そして　別れる

V 民謡

――エリザのために

紘《いと》は張られてゐるが　もう
誰もがそれから調べを引き出さない
指を触れると老いたかなしみが
しづかに帰つて来た……小さな歌の器《うつは》

或る日　甘い歌がやどつたその思ひ出に
人はときをりこれを手にとりあげる
弓が誘ふかろい響――それは奏でた
（おお　ながいとほいながれるとき）

——昔むかし野ばらが咲いてゐた
野鳩が啼いてゐた……あの頃……
さうしてその歌が人の心にやすむと

時あつて　やさしい調べが眼をさます
指を組みあはす　古びた唄のなかに
——水車よ　小川よ　おまへは美しかつた

鳥啼くときに

式子内親王《ほととぎすそのかみやまの》による Nachdichtung

ある日　小鳥をきいたとき
私の胸は　ときめいた
耳をひたした沈黙《しじま》のなかに
なんと優しい笑ひ声だ！

にほひのままの　花のいろ
飛び行く雲の　ながれかた
指さし　目で追ひ――心なく
草のあひだに　憩《やす》んでゐた

思ひきりうつとりとして　羽虫の
うなりに耳傾けた　小さい弓を描いて
その歌もやつぱりあの空に消えて行く
消えて行く　雲　消えて行く　おそれ
若さの扉はひらいてゐた　青い青い
空のいろ　日にかがやいた！

甘たるく感傷的な歌

その日は　明るい野の花であつた
まつむし草　桔梗　ぎぼうしゆ　をみなへしと
名を呼びながら摘んでゐた
私たちの大きな腕の輪に

また或るときは名を知らない花ばかりの
花束を私はおまへにつくつてあげた
それが何かのしるしのやうに
おまへはそれを胸に抱いた

その日はすぎた　あの道はこの道と
この道はあの道と　告げる人も　もう
おまへではなくなつた！

私の今の悲しみのやうに　叢には
一むらの花もつけない草の葉が
さびしく　曇つて　そよいでゐる

ひとり林に……

Ⅰ　ひとり林に……

だれも　見てゐないのに
咲いてゐる　花と花
だれも　きいてゐないのに
啼いてゐる　鳥と鳥

通りおくれた雲が　梢の
空たかく　ながされて行く
青い青いあそこには　風が
さやさや　すぎるのだらう

草の葉には　草の葉のかげ
うごかないそれの　ふかみには
てんたうむしが　ねむつてゐる

うたふやうな沈黙《しじま》に　ひたり
私の胸は　溢れる泉！　かたく
脈打つひびきが時を　すすめる

II　真冬のかたみに……

Heinrich Vogeler gewidmet

追ひもせずに　追はれもせずに　枯木のかげに
立つて　見つめてゐる　まつ白い雪の
おもてに　ながされた　私の影を――
（かなしく　青い形は　見えて来る）

私はきいてゐる　さう！　たしかに
私は　きいてゐる　その影の　うたつてゐるのを……
それは涙ぐんだ鼻声に　かへらない
昔の過ぎた夏花のしらべを　うたふ

《あれは頬白　あれは鶸　あれは　樅の樹　あれは
私……私は鶸　私は　樅の樹……》　こたへもなしに
私と影とは　眺めあふ　いつかもそれはさうだつたやうに

影は　きいてゐる　私の心に　うたふのを
ひとすぢの　古い小川のさやぎのやうに
溢れる泪の　うたふのを……雪のおもてに――

浅き春に寄せて

今は　二月　たつたそれだけ
あたりには　もう春がきこえてゐる
だけれども　たつたそれだけ
昔むかしの　約束はもうのこらない

今は　二月　たつた一度だけ
夢のなかに　ささやいて　ひとはゐない
だけれども　たつた一度だけ
そのひとは　私のために　ほほゑんだ

・

さう！　花は　またひらくであらう
さうして鳥は　かはらずに啼いて
人びとは春のなかに笑みかはすであらう

今は　二月　雪の面《おも》につづいた
私の　みだれた足跡……それだけ
たつたそれだけ——私には……

詩集　優しき歌　II

序の歌

しづかな歌よ　ゆるやかに
おまへは　どこから　来て
どこへ　私を過ぎて
消えて　行く？

夕映が一日を終らせよう
と　するときに——
星が　力なく　空にみち
かすかに囁きはじめるときに

そして　高まつて　むせび泣く
絃のやうに　おまへ　優しい歌よ
私のうちの　どこに　住む？

それをどうして　おまへのうちに
私は　かへさう　夜ふかく
明るい闇の　みちるときに？

I　爽やかな五月に

月の光のこぼれるやうに　おまへの頰に
溢れた涙の大きな粒が　すぢを曳いたとて
私は　どうして　それをささへよう！
おまへは　私を　だまらせた……
《星よ　おまへはかがやかしい
《花よ　おまへは美しかつた
《小鳥よ　おまへは優しかつた
……私は語つた　おまへの耳に　幾たびも

だが　たつた一度も　言ひはしなかつた
《私は　おまへを　愛してゐる　と
《おまへは　私を　愛してゐるか　と

はじめての薔薇が　ひらくやうに
泣きやめた　おまへの頰に　笑ひがうかんだとて
私の心を　どこにおかう?

II　落葉林で

あのやうに
あの雲が　赤く
光のなかで
死に絶えて行つた

私は　身を凭せてゐる
おまへは　だまつて　脊を向けてゐる
ごらん　かへりおくれた
鳥が一羽　低く飛んでゐる

私らに　一日が
はてしなく　長かつたやうに
雲に　鳥に
そして　あの夕ぐれの花たちに
私らの　短いいのちが
どれだけ　ねたましく　おもへるだらうか

Ⅲ　さびしき野辺

いま　だれかが　私に
花の名を　ささやいて行つた
私の耳に　風が　それを告げた
追憶の日のやうに

いま　だれかが　しづかに
身をおこす　私のそばに
もつれ飛ぶ　ちひさい蝶らに
手をさしのべるやうに

ああ　しかし　と
なぜ私は　いふのだらう
そのひとは　だれでもいい　と

いま　だれかが　とほく
私の名を　呼んでゐる……ああ　しかし
私は答へない　おまへ　だれでもないひとに

Ⅳ 夢のあと

《おまへの　心は
わからなくなつた
《私の　こころは
わからなくなつた

かけた月が　空のなかばに
かかつてゐる　梢のあひだに——
いつか　風が　やんでゐる
蚊の鳴く声が　かすかにきこえる

それは　そのまま　過ぎるだらう！
私らのまはりの　この　しづかな夜
きつといつかは　（あれはむかしのことだつた）と
私らの　こころが　おもひかへすだけならば！……

《おまへの心は　わからなくなつた
《私のこころは　わからなくなつた

Ⅴ　また落葉林で

いつの間に　もう秋！　昨日は
夏だつた……おだやかな陽気な
陽ざしが　林のなかに　ざわめいてゐる
ひとところ　草の葉のゆれるあたりに

おまへが私のところからかへつて行つたときに
あのあたりには　うすい紫の花が咲いてゐた
そしていま　おまへは　告げてよこす
私らは別離に耐へることが出来る　と

澄んだ空に　大きなひびきが
鳴りわたる　出発のやうに
私は雲を見る　私はとほい山脈を見る

おまへは雲を見る　おまへはとほい山脈を見る
しかしすでに　離れはじめた　ふたつの眼ざし……
かへつて来て　みたす日は　いつかへり来る？

Ⅵ　朝に

おまへの心が　明るい花の
ひとむれのやうに　いつも
眼ざめた僕の心に　はなしかける
《ひとときの朝の　この澄んだ空　青い空

傷ついた　僕の心から
棘を抜いてくれたのは　おまへの心の
あどけない　ほほゑみだ　そして
他愛もない　おまへの心の　おしやべりだ

ああ　風が吹いてゐる　涼しい風だ
草や　木の葉や　せせらぎが
こたへるやうに　ざわめいてゐる

あたらしく　すべては　生れた！
露がこぼれて　かわいて行くとき
小鳥が　蝶が　昼に高く舞ひあがる

Ⅶ　また昼に

僕はもう　はるかな青空やながされる浮雲のことを
うたはないだらう……
昼の　白い光のなかで
おまへは　僕のかたはらに立つてゐる

花でなく　小鳥でなく
かぎりない　おまへの愛を
信じたなら　それでよい
僕は　おまへを　見つめるばかりだ

いつまでも　さうして　ほほゑんでゐるがいい
老いた旅人や　夜　はるかな昔を　どうして
うたふことがあらう　おまへのために

さえぎるものもない　光のなかで
おまへは　僕は　生きてゐる
ここがすべてだ！……僕らのせまい身のまはりに

Ⅷ　午後に

さびしい足拍子を踏んで
山羊は　しづかに　草を　食べてゐる
あの緑の食物は　私らのそれにまして
どんなにか　美しい食事だらう！

私の餓ゑは　しかし　あれに
たどりつくことは出来ない
私の心は　もつとさびしく　ふるへてゐる
私のおかした　あやまちと　いつはりのために

おだやかな獣の瞳に　うつつた
空の色を　見るがいい！
〈私には　何が　ある？
〈私には　何が　ある？
ああ　さびしい足拍子を踏んで
山羊は　しづかに　草を　食べてゐる

IX　樹木の影に

日々のなかでは
あはれに　目立たなかつた
あの言葉　いま　それは
大きくなつた！

おまへの裡に
僕のなかに　育つたのだ
……外に光が充ち溢れてゐるが
それにもまして　かがやいてゐる

いま　僕たちは憩ふ
ふたりして持つ　この深い耳に
意味ふかく　風はささやいて過ぎる

泉の上に　ちひさい波らは
ふるへてやまない……僕たちの
手にとらへられた　光のために

X　夢みたものは……

夢みたものは　ひとつの幸福
ねがつたものは　ひとつの愛
山なみのあちらにも　しづかな村がある
明るい日曜日の　青い空がある

日傘をさした　田舎の娘らが
着かざつて　唄をうたつてゐる
大きなまるい輪をかいて
田舎の娘らが　踊ををどつてゐる

告げて　うたつてゐるのは
青い翼の一羽の　小鳥
低い枝で　うたつてゐる

夢みたものは　ひとつの愛
ねがつたものは　ひとつの幸福
それらはすべてここに　ある　と

草稿詩篇（一九三一―三三）

お時計の中には

お時計の中にはニハトリが住まない
お魚の内臓に燐寸で青く燈を点けろ
円周率を数へるために鼠を飼ひます
ピーターさんは海へ泳ぎに出かける
絵の描けない草は大体花を持たない
都会の電燈の色はボンヤリしてます
馬の足音に驚くのは垣根のバラです
手品をつかはない太陽はまんまるい
腹痛にきく薬はライオンの尻尾です

白い公園の白い噴水と白い馬が白い
都会の少女の肢はスツキリしてます
飛行機が墜落するので花は咲かない
ピーターさんの妹が山へ登りました
青い空は粉々になつて砕けてしまふ
そこで月が胡桃の一つに化けました
お時計の中にはニハトリが住んでる

夏

白い往来　白い帽子
　　抱へて
詩の本を　行くひと
　どこかの庭で
　ダリヤと向日葵
真昼の風が吹いてゐる
　　衛生的な青空
　　　古風な雲

へんな出発

鏡の顔があくびをする
不器用な死のカリカチユア
午後二時の時計よ
星のやうに　サヨナラ
もう僕は出かけるのだ

午睡

夢のなかで
僕は三角だつた　海だつた
小さな旗がピストルだつた
きつと僕のまちがへてゐる単語よ
僕はわるく眠りつつあつた

問答

何しに僕は生きてゐるのかと
或る夜更けに
一本のマッチと
はなしをする

正　午

日向の猫は　眼をとぢる
それは彼女が青空をきらひだからだ
そしていつの間にか眠つてしまふ

成長

僕の部屋よ　お前は誰より
いちばん僕を愛してゐる
けれどこの窓を入つて来られるのは北風だけだ
僕の年齢は僕をひきとめない
夜になると　いつも僕は
お前のランプにさよならする

黄昏

片仮名の《リ》と
平仮名の《り》が　似てゐるやうに
昨日と今日は僕には毎日おんなじだ

役立たずな夕方よ
一日を終らせるためにだけ
空は夕焼して　金星がある
僕は　さがしに行かう

新しい夜を別なかげを

三日月よりも　風がいい

手製詩集　さふらん

ガラス窓の向うで

ガラス窓の向うで
朝が
小鳥とダンスしてます
お天気のよい青い空

脳髄のモーターのなかに

脳髄のモーターのなかに
鳴きしきる小鳥たちよ
君らの羽音はしづかに
今朝僕はひとりで歯を磨く

コップに一ぱいの海がある

コップに一ぱいの海がある
娘さんたちが　泳いでゐる
潮風だの　雲だの　扇子
驚くことは止ることである

忘れてゐた

忘れてゐた
いろいろな単語
ホウレン草だのポンポンだの
思ひ出すと楽しくなる

庭に干瓢が乾してある

庭に干瓢が乾してある
白い蝶が越えて来る
そのかげたちが土にもつれる
うつとりと明るい陽ざしに

高い籬に沿つて

高い籬に沿つて
夢を運んで行く
白い蝶よ
少女のやうに

胸にゐる

胸にゐる
擽つたい僕のこほろぎよ
冬が来たのに　まだ
おまへは翅を震はす

長いまつげのかげ

長いまつげのかげ
をんなは泣いてゐた
影法師のやうな
汽笛は　とほく

昔の夢と思ひ出を

昔の夢と思ひ出を
頭のなかの
青いランプが照してゐる
ひとりぼつちの夜更け

ゆくての道

ゆくての道
ばらばらとなり
月しののめに
青いばかり

月夜のかげは大きい

月夜のかげは大きい
僕の尖つた肩の辺に
まつぼぼたんが
くらく咲いてゐる

小さな穴のめぐりを

小さな穴のめぐりを
蟻は　今日の営み
籬を越えて　雀が
揚羽蝶がやって来る

手製詩集　日曜日

風が……

《郵便局で　日が暮れる
《果物屋の店で　灯がともる
風が時間を知らせて歩く　方々に

唄

裸の小鳥と月あかり
郵便切手とうろこ雲
引出しの中にかたつむり
影の上にはふうりんさう

太陽と彼の帆前船
黒ん坊と彼の洋燈
昔の絵の中に薔薇の花

僕は　ひとりで
夜が　ひろがる

春

街道の外れで
僕の村と
隣の村と
世間話をしてゐる
《もうぢき鶏が鳴くでせう
《これからねむい季節です

その上に
昼の月が煙を吐いてゐる

日記

季節のなかで
太陽が　僕を染めかへる
ちやうど健康さうに見えるまで

……雨の日
埃だらけの本から
僕は言葉をさがし出す——
黒つぐみ　紫陽花　墜落
ダイヤの女王《クキーン》……

（僕は僕の言葉を見つけない！）

夜が下手にうたつてきかせた
眠られないと　僕はいつも
夜汽車に乗つてゐると思ひだす

旅行

この小さな駅で　鉄道の柵のまはりに
夕方がゐる　着いて僕はたそがれるだらう

……路の上にしづかな煙のにほひ

僕の一歩がそれをつきやぶる　森が見える　畑に人がゐる
この村では鴉が鳴いてゐる

やがて僕は疲れた僕を固い平な黒い寝
床に眠らせるだらう　洋燈の明りに
すぎた今日を思ひながら

田園詩

小径が、林のなかを行つたり来たりしてゐる、
落葉を踏みながら、暮れやすい一日を。

僕は

僕は　脊が高い　頭の上にすぐ空がある
そのせゐか　夕方が早い！

暦

貧乏な天使が　小鳥に変装する
枝に来て　それはうたふ
わざとたのしい唄を
すると庭がだまされて小さい薔薇の花をつける
名前のかげで暦は時々ずるをする
けれど　人はそれを信用する

愛　情

郵便切手を　しやれたものに考へだす

帽子

学校の帽子をかぶつた僕と黒いソフトをかぶつた友だちが歩いてゐると、それを見たもう一人の友だちが後になつてあのときかぶつてゐたソフトは君に似あふといひだす。僕はソフトなんかかぶつてゐなかつたのに、何度いつても、あのとき黒いソフトをかぶつてゐたといふ。

跋……

チユウリツプは咲いたが
彼女は笑つてゐない
風俗のをかしみ
《花笑ふ》と
僕は紙に書きつける

……畢

手製詩集　散歩詩集

魚の話

或る魚はよいことをしたのでその天使がひとつの願をかなへさせて貰ふやうに神様と約束してゐたのである。

かはいさうに！　その天使はずゐぶんのんきだつた。魚が死ぬまでそのことを忘れてゐたのである。魚は最後の望に光を食べたいと思つた、ずつと海の底にばかり生れてから住んでゐたし光といふ言葉だけ沈んだ帆前船や錨⚓からきいてそれをひどく欲しがつてゐたから。が、それは果されなかつたのである。

天使は見た、魚が倒れて水の面の方へゆる〳〵と、のぼりはじめるのを。彼はあわてた。早速神様に自分の過ちをお詫びした。すると神様はその魚を星に変へて下さつたのである。魚は海のなかに一すぢの光をひいた、そのおかげでしなやかな海藻やいつも眠つてゐる岩が見えた。他の大勢の魚たちはその光について後を追はうとしたのである。

やがてその魚の星は空に入り空の遥かへ沈んで行つた。

村の詩　朝・昼・夕

村の入口で太陽は目ざまし時計
百姓たちは顔を洗ひに出かける
泉はとくべつ上きげん
よい天気がつづきます

郵便配達がやつて来る
ポオルは咳をしてゐる
ギルジニイは花を摘んでます
きつと大きな花束になるでせう
この景色は僕の手箱にしまひませう

虹を見てゐる娘たちよ
もう洗濯はすみました
真白い雲はおとなしく
船よりもゆつくりと
村の水たまりにさよならをする

食後

そこはよい見晴らしであつたから青空の一ところをくり抜いて人たちは皿をつくり雲のフライなどを料理し麵麭・果物の類を食べたのしい食欲をみたした日かげに大きな百合の花が咲いてゐてその花粉と蜜は人たちの調味料だつたさてこのささやかな食事の後できれいな草原に寝ころぶと人の切り抜いたあとの空には白く昼間の月があつた

日課

葉書にひとの営みを筆で染めては互に知らせあつた
そして僕はかう書くのがおきまりだつた　僕はたの
しい故もなく僕はたのしいと
空の下にきれいな草原があつて明るい日かげに浸さ
れ小鳥たちの囀りの枝葉模様をとほしてとほい青く
澄んだ色が覗かれる　僕はたび〳〵そこへ行つて短
い夢を見たりものの本を読んだりして毎日の午後を
くらした　僕の寝そべつてゐる頭のあたりに百合が
咲いてゐる時刻である

郵便〒配達のこの村に来る時刻である
きつとこの空の色や雲の形がうつつて　それでかう
書くのがおきまりだつた　僕はたのしい故もなしに
僕はたのしいと

草稿詩篇（一九三三－三五）

夜

林檎が一つ
ころがつてゐる
煤けランプのくらいかげのなかを

眠りのなかで

窓から　月がさしてゐた
部屋はぢいつとやすんでゐた
（さうだつた　僕はそれを知つてゐる）
あかりのかげで小鳥が羽搏いてゐた
そこには花粉がキラ〳〵散つてゐた
さうして　黒い帽子に額をかくし
僕は　やさしい顔をしてゐた
僕は　何だか夢を見てゐた
（僕はそれを知つてゐる）

噴水

僕がひとりで噴水を見てゐると
誰かがやつぱりそばにゐる
明るい空が水の上で揺れながら

それで　顔を見合せて
僕たちはつい一しよに笑つてしまふ

雨

やさしい鳩たち
僕はくらい身体のなかで飼つてゐる
それなのに　おまへらは不意に
僕をかなしませるために啼いてゐる
ネジのゆるんだ時計の声で

鏡

床屋は
頭の上に
シャボンで
駝鳥や塔を作ってくれる

不意に軽くなった僕よ
僕にはもうまづしげなひげがない
だから歩きにくい

きれいな顔は
似あはない

卑怯の歌

雨に濡れて立つてゐる　あれは人だ
あれはかなしんでゐるが出たらめだ
傘を曲げマントをとほしづぶづぶに雨
寒さが骨に滲み　足がたはみたはみ
唇を嚙んでゐるだらう　だがあれは歌ふ
誰も憎まない歌を　その裏切りを

風が雨を横に倒す　頰が濡れた　顔が
流れたまゝ　雫は人に日が暮れた
あれはかなしんでゐるが　だめだ
あれはあゝしてやがては朝を見るだらう

白

海への道だつた　やさしいことだつた
しやべりながら　はしやぎながら　しづまりながら
それは明るい時だつた

おまへの耳に日が揺れ
濡れた木の間を光が洩れ
うすらいでゆく霧だつた　霧は空の色だつた
やさしいことだつた——

僕には夢があつた　笑ひがあつた
海には朝の船がとほい港に旅立つて行つた

日暮に近い部屋のなかで

日暮に近い部屋のなかで、鉛筆が僕を傷つけた。色褪せた紙に、僕は
詩を書いてゐた。乱れた心に復讐をするために。

僕が書ける日、平和は僕をとめた。
弱さがお前に書かすのだと、強くなれと。
詩が書けない日、言葉は僕を妨げた。
そこにお前はゐないのだと、町へ行けと。

夕日が窓を消えて行つた。

九つの星に僕はたづねよう。生きるといふことを。そのなかで歌ふと
いふことを。

だのに　だのに　と僕は

だのに　だのに　と僕は繰返す
あれから一年　短い日であつた
毎日のやうに本の頁を切つてゐた
それにはやさしい言葉が書いてあつたから

窓の外にばかり咲く花　お前たち
部屋では何と枯れやすいのだらう
壺に凋れたとき　僕は人に片づけて貰はなければならなかつた
僕にはそれが出来なかつたから

もういらない　うすら明るいかげ
もつと眩しい空に行く　僕の眼は
お前の悲しい時が　もう見えない

あれから一年　また会ふことはないだらう
花色のかげのなかに
ひとつともつて生きてゐよう
やさしい僕の眼　臆病な僕の眼　もう歌もなく

僕は三文詩人に

僕は三文詩人になりたくないのだ
あらゆる感傷と言ひまはしを捨て
誰でもの胸へ　ほんたうのことを叩きこみたい
それが千人のほんたうでなく
僕だけのほんたうであつたら
結局　三文詩人の一人にすぎないのだ

しあはせな一日は

しあはせな一日は幾つあつたらう
日の終り　疲れた橋に身を凭《もた》れ
かぞへてゐれば
靄《もや》のなかにともる燈は煌《きら》めいて
人の数の千倍のしあはせが
一人のためにあるのだと
やさしい調べで繰返してゐた

いつそインキと紙が

いつそインキと紙がなくなれば
ほんとをいつたら言葉がなくなれば
僕にはどんなにしづかなことだらう

それはすこしは困るかしら
いやいやそんなことはないにちがひない
身振りと手振りと顔つきとで
それから眼もあることだから
どうにかかうにか用だけは足して行く

一体僕が理窟を言つたり詩を書いたり
手紙を書いたりするのはよくないことだ

ところで心配してくれる人にはいふが
お前さんたちには言葉も文字もあつた方がよい
そして僕に歌をきかせたり手紙を書いてよこしたり
まあそんな風に　慰めてくれるのだ

ああさうしたら僕にはどんなに
生きることがしづかなことだらう
ほんとをいつたら　ついでに
夢も望みも幻もすつかりなくなれば

書くことは

書くことは何があつたか
宵　私はあかりを消して目をとぢる
過ぎて行くいくつかの言葉のはてに
私は音もなく身を横へる　かすかな息をかぞへながら

書くことは何があつたか
かうして私はたづねて見る
答もなく　夢もなく

眠りが部屋を訪れる
すると私はもう一度　吐息のやうにして尋ねてみる

巣立ち

——堀辰雄氏に

誰と私は似てゐるのだらう
そしてそれは何の知らせだらう
私はいつかよく知つてゐた　そのことを
だがもし思ひ出すならば……

私は持つことの出来ただけの不幸を
そのかはりに　かがやきとあの平和を
そして　あかりの消える夜の一ときに
しづかにあれに捧げよう　あれを立ち去らう

もう私はすつかりひとりだ
私みづから私は風に濡れてゐる

夏

泉に映るだうだんつつじ
それから　あれは樺の木
飛沫を透いて青い空　雲のかげ
子供は水に石を投げこむ
消える物音　あれは木霊
子供はかぞへる　水の輪を

数へきらないうちに　林のかげ
木を伝つて帰へつて来る
子供はかぞへる　その木霊を

林空

ゆふすげの花はせつない眼ばたきのやうに

——丸山薫

せつない眼ばたきといはれた花を、その黄いろな一輪をともした叢の青空に、僕はたたずんで聞く。梢を移る鳥たちの声を、風に似た汽車のとほい笛を。……あゝ、明るい昼間。埃のする冬の日向に、もう一度聞く。それらの物音から気位高く。見馴れないものたちはすぐに立ち去り、あの黄色な一輪を手に持つたまま。僕はもう一度聞く。……ふと掠めた栗鼠のかげり。そのまま過ぎた日日のうたを。

未刊詩集　田舎歌

I　村ぐらし

郵便函は荒物店の軒にゐた
手紙をいれに　真昼の日傘をさして
別荘のお嬢さんが来ると　彼は無精者らしく口をひらき
お嬢さんは急にかなしくなり　ひつそりした街道を帰つて行く

＊

道は何度ものぼりくだり
その果ての落葉松の林には
青く山脈が透いてゐる

僕はひとりで歩いたか　さうぢやない
あの山脈の向うの雲を　小さな雲を指さした

＊

虹を見てゐる娘たちよ
もう洗濯はすみました
真白い雲はおとなしく
船よりもゆつくりと
村の水たまりにさよならをする

＊

あの人は日が暮れると黄いろな帯をしめ
村外れの追分け道で　村は落葉松の林に消え
あの人はそのまゝ黄いろなゆふすげの花となり
夏は過ぎ………

＊

泡雲幻夢童女の墓

＊

昼だからよく見えた　街道を
ひどい埃をあげる自動車が
浅間にかゝる煙雲《けむりぐも》が
昼だから丘に坐つた倒れやすい草の上
御寺の鐘がきこえてゐた
とほかつた

＊

せかせか林道をのぼつたら、虫捕り道具を持つた老人に会つた。彼は遠眼鏡をあてて麓の高原を眺めてゐた。もつとのぼると峡があつた。木の葉が、雲の形を透いてゐた。その下の流れで足を洗つた。すると気分がよかつた。草原に似た麓の林に、光る屋根が見えてゐた。またおなじ林道をくだつた。もう誰にも会はなかつた。しばらくすると村で鳴く鶏を聞いた。はるかな思ひがわきすぐに消え、ただせかせかと道をくだつた。長かつた。

＊

村中でたつたひとつの水車小屋は
その青い葡萄棚の下に鶏の家族をあそばせた
うたひながら　ゆるやかに
或るときは山羊の啼き声にも節をあはせ
まはつてばかりゐる水車を
僕はたびたび見に行つた　ないしよで
村の人たちは崩れかゝつたこの家を忘れ
旅人たちは誰も気がつかないやうに
さうすりやこれは僕の水車小屋になるだらう

II　詩は

その下に行つて、僕は名を呼んだ。詩は、だのに、いつも空ばかり眺めてゐた。

＊

こはい顔をしてゐることがある
爪を切つてゐることがある
詩はイスの上で眠つてしまつたのだ

＊

あかりの下でひとりきりゐると
僕は　ばかげたことをしたくなる

＊

あゝ、傷のやうな僕、目をつむれ。風が林をとほりすぎる。お前はまたうそをついて、お前のものでない物語を盗む、それが詩だといひながら。

＊

言葉のなかで　僕の手足の小さいみにくさ

＊

或るときは柘榴のやうに苦しめ　死ぬな

＊

詩は道の両側でシツケイしてゐる

僕は風と花と雲と小鳥をうたつてゐればたのしかつた。詩はそれをいやがつてゐた。

＊

夜の部屋のあかりのなかで詩は
目をパチパチさせながら小さい本をよんでゐた
それは僕の書いた小さい本だつたが
返してくれたのを見るとそれに詩が罰点をつけてゐた

＊

小径が、林のなかを行つたり来たりしてゐる、
落葉を踏みながら、暮れやすい一日を。

＊

カーネーションの花のしみついた舗石を掘りおこすとその下で鼠がパンをかじつてゐた。パン屑はアスパラガスのやうな葉が茂つてゐるので、人は、水のコップを手に持つてあちこちあわてて歩くことがあつた。

＊

詩は道をステッキでためしてゐた
長い道の向うまで日があたり
衰へた秋のかげが脊中で死んだ
詩は脊中をまるくして歩いてゐた

III　一日は……

I

揺られながら　あかりが消えて行くと
鷗のやうに眼をさます
朝　真珠色の空気から
よい詩が生れる

II

天気のよい日　機嫌よく笑つてゐる

机の上を片づけてものを書いたり
ときどき眼をあげ　うつとりと
窓のところに　空を見てゐる
壁によりかかつて　いつまでも
おまへを考へることがある
そらまめのにほひのする田舎など

Ⅲ

貧乏な天使が小鳥に変装する
枝に来て　それはうたふ
わざとたのしい唄を
すると庭がだまされて小さな薔薇の花をつける

Ⅳ

ちつぽけな一日　失はれた子たち

あて名のない手紙　ひとりぼつちのマドリガル
虹にのぼれない海の鳥　消えた土曜日

V

北向きの窓に　午すぎて
ものがなしい光のなかで
僕の詩は　凋れてしまふ
すると　あかりにそれを焚き
夜　その下で本をよむ

VI

しづかに靄がおりたといひ
眼を見あつてゐる——
花がにほつてゐるやうだ
時計がうたつてゐるやうだ

きつと誰かが帰つて来る
誰かが旅から帰つて来る

VII

もしもおまへが　そのとき
なにかばかげたことをしたら
僕はどうしたらいいだらう

もしもおまへが……
そんなことをぼんやり考へてゐたら
僕はどうしたばかだらう

VIII

あかりを消してそつと眼をとぢてゐた

お聞き――
僕の身体の奥で羽ばたいてゐるものがゐた
或る夜　それは窓に月を目あてに
たうとう長い旅に出た……
いま羽ばたいてゐるのは
あれは　あれはうそなのだよ

IX

眠りのなかで迷はぬやうに　僕よ
眠りにすぢをつけ　小径を　だれと行かう

拾遺詩篇（一九三五－三八）

小さな墓の上に

失ふといふことがはじめて人にその意味をほんたうに知らせたなら。

その頃、僕には死と朝とがいちばんかがやかしかつた。そのどれも贋の姿をしか見せなかつたから。朝は飽いた水蒸気の色のかげに、死は飾られた花たちの柩のなかに、しづまりかへつてめいめいの時間を生きてゐたから。

すなほな物語をとざしたきり、たつたひとりの読む人もなく。骨に暦を彫りつけて。

なくなつた明るい歌と、その上にはてないばかりの空と。ことづけ。

墓の上にはかういふ言葉があつた――
たのしかつた日曜日をさがしに行つた
木枯しと粉雪と僧院に捕へられた
それきりもう帰らなかつた。一生黙つて
生きてゐた人、ここに眠る。

旅装

まぶしいくらゐ　日は
部屋に隅までさしてゐた
旅から帰つた　僕の心……
ものめづらしく　椅子に凭り
机の傷を撫でてみる
机に風が吹いてゐる
——それはそのまま　思ひ出だつた

僕は手帖をよみかへす　またあたらしく忘れるために
――その村と別れる汽車を待つ僕に
平野にとほく山なみに　雲がすぢをつけてゐた……

風に寄せて

その一

さうして小川のせせらぎは　風がゐるから
あんなにたのしく　さざめいてゐる
あの水面《みづ》のちひさいかげのきらめきは
みんな　風のそよぎばかり……

小川はものをおし流す
藁屑を　草の葉つぱを　古靴を
あれは風がながれをおして行くからだ
水はとまらない　そして　風はとまらない

水は不意に身をねぢる　風はしばらく水を離れる
しかしいつまでも川の上に　風は
ながれとすれずれに　ひとつ語らひをくりかへす

長いながい一日　薄明から薄明へ　夢と昼の間に
風は水と　水の翼と　風の瞼と　甘い囁きをとりかはす
あれはもう叫ばうとは思はない　流れて行くのだ

その二

風はどこにゐる　風はとほくにゐる　それはゐない
おまへは風のなかに　私よ　おまへはそれをきいてゐる
……うなだれる　やさしい心　ひとつの蕾
私よ　いつかおまへは泪をながした　頰にそのあとがすぢひいた

風は吹いて　それはささやく　それはうたふ　人は聞く
さびしい心は耳をすます　歌は　歌の調べはかなしい　愉しいのは
たのしいのは　過ぎて行つた　風はまたうたふだらう
葉つぱに　わたしに　花びらに　いつか帰つて

待つてゐる　それは多分　ぢきだらう　三日月の方から
たつたひとり　やがてまたうたふだらう　私の耳に
梢に　空よりももつと高く　なにを　何かを　くりかへすだらう

風はどこに　風はとほくに　けれどそれは帰らない　もう
私よ　いつかおまへは　ほほゑんでゐた　よいことがあつた
おまへは風のなかに　おまへは泣かない　おまへは笑はない

離愁

慌しい別れの日には
汽笛は　鳥たちのする哀しい挨拶のやうに呼びかはし
あなたたちをのせた汽車は　峠をくだつた
秋の　染みついた歩廊のかげに
私はいつまでも立ちつくし
いつまでも帽子をふつてゐた――

失なはれたものへ
幼きものへ

旅の手帖

――その日、生田勉に――

その町の、とある本屋の店先で――私は、やさしい土耳古娘の声を聞いた。私は、そのひとから赤いきれいな表紙の歌の本をうけとつた。幼い人たちのうたふやうな。

また幾たびか私は傘を傾けて、空を見た。一面の灰空ではあつたが、はかり知れない程高かつた。しづかな雨の日であつた。

誰かれが若い旅人にささやいてゐた、おまへはここで何を見たか。さう、私は土耳古娘を見た、あれから公園で、あれからうすやみの町のはづれで。

――いつの日も、さうしてノヴァリスをひさぎ、リルケを売るのであらう。さうして一日がをはると、あの夕焼の娘は……私の空想はかたい酸い果実のやうだ。

私はあの娘にただ燃えつきなかつた蠟燭を用意しよう、旅の思ひ出の失はれないために。――夏の終り、古い城のある町で、私は、そのひとから、この歌の本をうけとつたと、私はまた旅をつづけたと。

孤独の日の真昼

濡れた草場にかくれて
僕の　くりかへした
さまざまの　窮屈な姿勢は
何とみじめにこころよかつたことか

誰からも見られてゐない確信と
やがて　悔いへの誘ひと——
その時　真昼が
匂ふやうであつた

太陽は甘く媚び
戦ぎはいつしか絶え……
小鳥の唄だけ　遠く囁やいてゐた

ああ　聖らかな
逃れ去り行く　繋がれてあるこの一刻
この欲情のただしさを

みまかれる美しきひとに

まなかひに幾たびか　立ちもとほつたかげは
うつし世に　まぼろしとなつて　忘れられた。
見知らぬ土地に　林檎の花のにほふ頃
見おぼえのない　とほい晴夜の星空の下《もと》で、

その空に夏と春の交代が慌しくはなかつたか。
——嘗てあなたのほほゑみは　僕のためにはなかつた
——あなたの声は　僕のためにはひびかなかつた、
あなたのしづかな病と死は　夢のうちの歌のやうだ。

こよひ湧くこの悲哀に灯をいれて
うちしほれた乏しい薔薇をささげ　あなたのために
傷ついた月のひかりといつしよに　これは僕の通夜だ
おそらくはあなたの記憶に何のしるしも持たなかつた
そしてまたこのかなしみさへゆるされてはゐない者の――。
《林檎みどりに結ぶ樹の下におもかげはとはに眠るべし。》

夜想楽

若葉には目にしむ風がさわさわと薫つてゐたが
巡るおもひに何がひそんでゐたのだらうか？
少女は僕にうたつてきかせた
——或る真冬の夕ぐれに　それは

雪つむ野路のうすあかりでした
わたしの胸からよろこびが
誰かの知らない唇に盗まれました
わたしはそれから慰さめをばかり

渇いた口に呼ぶうたをうたつて
すごしてをりますと――
真冬の夕べの雪あかりに

しのんで行つたのは誰の心か？
さうして少女のあこがれが痛い予覚に
盗まれたのは？――少女よ　それを僕に語つておくれ

逝く昼の歌

私はあの日に信じてゐた——粗い草の上に
身を投げすてて　あてなく眼をそそぎながら
秋を空にしづかに迎へるのだと
秋はすすきの風に白く光つてと

さうならうとは　夢にも思はなかつた
私は今ここにかうして立つてゐるのだ
岬のはづれの岩の上に　あらぶ海の歌に耳をひらいて
海は　波は　単調などぎつい光のくりかへしだ

どうして生きながらへてゐられるのだらうか
死ぬのがただ私にはやさしくおそろしいからにすぎない
美しい空　うつくしい海　だれがそれを見てゐたいものか！

捨てて来たあの日々と　愛してゐたものたちを
私は憎むことを学ばねばならぬ　さうして
私は今こそ激しく生きねばならぬ

ゆふすげびと

かなしみではなかつた日のながれる雲の下に
僕はあなたの口にする言葉をおぼえた、
それはひとつの花の名であつた
それは黄いろの淡いあはい花だつた、

僕はなんにも知つてはゐなかつた
なにかを知りたく うつとりしてゐた、
そしてときどき思ふのだが 一体なにを
だれを待つてゐるのだらうかと。

昨日の風は鳴つてゐた、林を透いた青空に
かうばしい　さびしい光のまんなかに
あの叢に咲いてゐた、さうしてけふもその花は

思ひなしだか　悔いのやうに──。
しかし僕は老いすぎた　若い身空で
あなたを悔いなく去らせたほどに！

追憶

――野村英夫に

誘ふやうに　ひとりぼつちの木の実は
雨に濡れて　一日　甘くにほつてゐた
ふかい茂みにかくされて　たれさがつて　……しかし
夜が来て　闇がそれを奪つてしまふ

ほのぐらい　皿数のすくない食卓で
少年は　母の耳に　母の心に　それを告げる
――そして　梟が　夜のあけないうちに
あれを啄んでしまふだらう……と

……忘れられたまま　樹は　大きな
うつろをのこして　青空に　吹かれてゐる
傷みもなく　悔いもなく　あらはに

そして病む日の熱い濃い空気に包まれ
幾たびそれは少年の夢にはかなしくおもへたか
――もし僕が意地のわるい梟であつたなら！

不思議な川辺で

私はおまへの死を信じる。おまへは死んだと、だれも私には告げない。また私はおまへの死の床に立ち会はなかつた。それにも拘らず私は信じる、おまへがひとりさびしく死んで行つたと。――それはおそらく夜の明けようとするときだつたらう、おまへは前の晩なんのこともなく平常のとほりに寝床にはひつた、そしていくらか寝苦しかつたにしろ、おまへの眠りは平和だつた、そして人びとはおまへの眼ざめを待つてゐる、そんなときだつたらう、おまへは白んで来る幾分つめたい夜の明けの空気のなかで、こときれて見出されねばならない。誰が手をくだしたのでもない、死の天使さへもが知らないだらう。しかしおまへは死んでゐる。外の昼間の光で甘い死のなかに休む姿は美しくかがやく。

人びとは追憶と悔いのなかにおまへを呼びかへさうとする、しかしそれはむだだ、おまへは帰らない何の形見もなく……私は信ずる、おまへは死んでしまつた、と。

しらべの絶えた笛をふところにして私はいつもやつて来る。そこがおまへと出会ふ約束の場所だつた、この川のほとりに。水にその根をひたした草たちはザワザワとその葉を鳴らす、それはさびしい音楽だ、自分の心のなかに音楽を失つた私の心を、それの悲哀で慰さめてくれるさびしい音楽だ。私はそのなかにいつまでもさまよふのをこのむ。そしてながれの水が私の姿を映すのを、また私の上の空を空ゆく雲を映すのを、ながめいるのをこのむ。いかなる時であらうと、私は誘はれる、楽しく切なかつた時々のおもひに——。朝ならば露に濡れて立つてゐた私たちだ、夕ならば夕やけ空に驚きの眼を見はつた私たちだ。しかし今それらのおもひは何と苦しく胸をしめつけるのであらう。……

それは或る昼だつた。暑く灼けた日であつた。空には何か見知らないめづらしいもの心を誘ふものがあつた。私はいつものやうに水辺の草に身を横たへて高い空に眼をやつてゐた、私を蔽ふ影をつくつてゐる樹木の葉たちのこまかいそよぎにもかたまりかけては消えてゆく雲の営みにも心はとまらなかつた。ただたつたひとつのことも過ぎたあの時が今かうしておもひ出されるなら、今はあの時――それはいつかやつてくるあの時にはどんな風にして私におもひ返されるだらうか。友もなく、たつたひとりぼつちに、過ぎた時のおもかげを追ふ、かうして夢みながらすごされる時間は果して何かの形を持つだらうか……私はこのやうな思ひのなかばで、いつか浅い眠りにはひつて行つた。オルフエの眠りであつた。おまへと語らふ、ほんのつかの間だつた。風のざわめきがここもとほくの歌や小鳥のさへづりにまざつてきかれた、それはサワサワと草の葉とささやいてゐた、またヒラヒラするひろい木の葉とたはむれてゐた、おまへは、生きてゐたときのやうにややよそよそしく私にほほゑんだ、……そのとき私は不意に呼びさまされた。私の名を呼ぶ声に。見ひらいた私の眼には高い高い空があるきりだつた。だれだらう？　私の名を呼んだのは！……私は身をおこした。私は誰も見出すことは出来なかつた。私にはそれがいぶかしかつた。しかしそれ以上怪しみはしなかつた。私はしばらく夢のつづきのやうなうつとりとした気分にひたつてゐた。

それは私がいつもこの場所を立ち去るときにするならはしであつたが、私は水のなかをのぞきこんだ。そこには高い高い夕ぐれ近くなつた空のいろがくろずんでうつつた、そして一かけのあはい雲がながれた。そしてややくらく私の顔がうつつた……しかしそれだけではなかつた、私の肩ごしに私の顔を覗きこむやうにおまへの顔がそこにはあるのだ、夢のつづきのやうにややよそよそしくほほゑみながら。私はふりかへつた、しかし私は誰の姿も見なかつた。——私は水の上に、おまへの顔がぢつと私を見つめてほほゑんでゐるのをふたたび見た。その底には藻草がながれに揺れてゐた。水のにほひがしてゐた。私は不思議な感動にひたりながら、いつまでも、そのおまへが私にはやうやく見えなくなるまで、立ちつくしてゐた——なぜその浅いながれに身を打ちつけなかつたのだらう！　ただ私はぢつと身動きもせずに、言葉もなく立つてゐたのだ。

……

風に寄せて

その一

しかし　僕は　かへつて来た
おまへのほとりに　草にかくれた小川よ
またくりかへして　おまへに言ふために
だがけふだつて　それはやさしいことなのだ　と

手にさはる　雑草よ　さわぐ雲よ
僕は　身をよこたへる
もう疲れと　眠りと
真昼の空の　ふかい淵に……

風はどこに？　と　僕はたづねた　そして　僕の心は？　と
あのやうな問ひを　いまはくりかへしはしないだらう——
しかし　すぎてしまつた日の　古い唄のやうに

うたつたらいい　風よ　小川よ　ひねもす
僕のそばで　なぜまたここへかへつて来た　と
僕の耳に　ささやく　甘い切ないしらべで

その二

僕らは　すべてを　死なせねばならない
なぜ？　理由もなく　まじめに！
選ぶことなく　孤独でなく――
しかし　たうとう何かがのこるまで

おまへの描いた身ぶりの意味が
おまへの消した界《さか》ひの意味が
風よ　僕らに　あたらしい問ひとなり
かなしい午后　のこつたものらが花となる

言葉のない　ざわめきが
すると　ふかい淵に生れ
おまへが　僕らをすこやかにする

光のなかで！　すずしい
おまへのそよぎが　そよそよと
すべてを死なせた皮膚を抱くだらう

その三

だれが　この風景に　青い地平を
のこさないほどに無限だらうか　しかし
なぜ　僕らが　あのはるかな空に　風よ
おまへのやうに溶けて行つてはいけないのだらうか

身をよこたへてゐる　僕の上を
おまへは　草の上を　吹く
足どりで　しやべりながら
すぎてゆく……そんなに気軽く　どこへ？

ああふたたびはかへらないおまへが
見おぼえがある！　僕らのまはりに
とりかこんでゐる　自然のなかに

おまへの気ままな唄の　消えるあたりは
あこがれのうちに　僕らを誘ふとも　どこへ
いまは自らを棄てることが出来ようか？

その四

やがて　林を蔽ふ　よわよわしい
うすやみのなかに　孤独をささへようとするやうに
一本の白樺が　さびしく
ふるへて　立つてゐる

一日の　のこりの風が
あちらこちらの梢をさはつて
かすかなかすかな音を立てる
あたりから　乏しいかげを消してゆくやうに

（光のあぶたちはなにをきづかうとした？）
――日々のなかの目立たない言葉がわすれられ
夕映にきいた　ひとつは　心によみがへる

風よ　おまへだ　そのやうなときに
僕に　徒労の名を告げるのは
しかし　告げるな！　草や木がほろびたとは……

その五

夕ぐれの　うすらあかりは　闇になり
いま　あたらしい生は　生れる
だれが　かへりを　とどめられよう！
光の　生れる　ふかい夜に——

さまよふやうに
ながれるやうに
かへりゆけ！　風よ
ながれるやうに　さまよふやうに

ながくつづく　まどろみに
別れたものらは　はるかから　ふたたびあつまる
もう泪するものは　だれもゐない……凪よ
おまへは　いまは　不安なあこがれで
明るい星の方へ　おもむかうとする
うたふやうな愛に　担はれながら

麦藁帽子

八月の金と緑の微風のなかで
眼に沁みる爽やかな麦藁帽子は
黄いろな　淡い　花々のやうだ
甘いにほひと光とに満ちて
それらの花が　咲きそろふとき
蝶よりも　小鳥らよりも
もつと優しい愛の心が挨拶する

魂を鎮める歌

二年まへの秋の日に僕は『芸術哲学』のなかで自分を形づくる営みを強ひられてゐた。松下武雄氏に出会つたのは、そのシエリングのなかでであつた。……

陽は　キラキラと
あちらの方で　光つてゐた
何か　たのしくて　心は
陽気に　ざわめいてゐた

超えて　あなたが　行かれた
あちらの方で　陽は　キラキラと
光つてゐた……何か　かなしくて
空はしんと澄んでゐた　どぎつく

黒い花を摘んで　花束をつくる
あのならはしよりも　心になく
美しい高さに　微笑を
吹きながせ！

陽は　キラキラと
あちらの方で　手のつけやうもなく
光つてゐる　だれかれが　騒いでゐるのが
もう意味もないやうだ

どぎつく　空は　澄んでゐる
声もなく
炎のやうに
真昼が　あちらへ　絶えて行く

超えて　あなたが　行かれた
あちらの方で……　滅んだ　星が
会釈して　微笑を　空《くう》に
吹きながす　祭のやうに

未知の野を　白い百合でみたすがいい
果されずに過ぎた約束が　もう充されやうもない
わすれるがいい　海の上の　さざなみが
生れては　また　消えるほどに！

草稿詩篇（一九三八）

夕映の中に

私はいまは夕映の中に立つて
あたらしい希望だけを持つて
おまへのまはりをめぐつてゐる
不思議な　とほい人生よ　おまへの……

だがしかしそれはやがて近く
私らのうへに花咲くだらう　と
私はいまは身をふるはせて
あちらの　あちらの方を見てゐる

しづかだつた　それゆゑ力なかつた
昨日の　そして今日の　私の一日よ
心にもなく化粧する夕映に飾られて

夜が火花を身のまはりに散らすとき
私は夢をわすれるだらう　しかし
夢は私を抱くだらう

夜　泉のほとりに

言葉には　いつか意味がなく……
たれこめたうすやみのなかで
おまへの白い顔が　いつまで
ほほゑんでゐることが出来たのだらう？

夜　ざわめいてゐる　水のほとり
おまへの賢い耳は　聞きわける
あのチロチロとひとつの水がうたふのを
葉ずれや　ながれの　囁きのみだれから

私らは　いつまでも　だまつて
ただひとつの　あたらしい言葉が
深い意味と歓びとを告げるのを待つ

どこかとほくで　啼いてゐる　鳥
私らは　星の光の方に　眼を投げてゐる
あちらから　すべての声が来るやうに

一日

私をささへて　黒い花があつた
私は　それを　摘みとつた
秘密な白い液の重い滴りが
茎の色を　蒼ざめさせた

私の眼ざしは　枯れはじめた
私の饒舌は　息切れはじめた
黄昏は　あちらの方で　一日を
心にもなく美しく化粧する　と　私にはおもはれた

それが　なぜ　なのだらう？
窓の内側に燈がともつてゐて
ひそかな声が呼んでゐるとき
多くの人が家もなく　急いでゐるのは！

私らが　ひとつの橋で　明日
あり得ること　空しい問ひは
いつまでものこり　そのままにそれは
問ひただしてやまないのだ

贋貨が通用しない日々はない
凋んだ花が　夜のうちに　生きかへるだらう
しかし　私は　それを摘みとつた
私をささへて　黒い花があつた……

＊＊＊

雪が霽れて――空には　鳩らが低く
飛んでゐる　曇つた空に……風景よ
ときに　おまへは　忘却であり
おまへは　美しい追憶である

おまへの灰色は　鳩らと共に
灰色でありつつむしろ　慰め！　だ
ためらひながら　ひとつの情緒の
こころよく　訪れるときに――

おまへとの一日が　たとひ無限を
あこがれないものであらうとも
僕らのフーゲが　むしろくらく低く

寂寥のみの場所に　あらうとも
風景よ　おまへは自らの光をねがふ
雪のあとの夕べのしづかさに住んで

⁂

かつて私はLyraをとり奏で
一日を　黄昏まで
うたひくらした日があつた
みづからの歌に聞き恍れながら

私の咽喉は金属の
笛のやうに澄んでゐた
夢多かつた　むなしい弱年の一日よ
私はいまは　夢で夢を描かうとする

身ぶりにまで　高まつたこの界ひに
しつかりと土の上に　私はいまは
架けようとする　もつと大きなものを

怒りと　一層激しい諦めで
眺められる　あのひとつのものを
私が　静かな測定器であるやうに

私のかへつて来るのは

私のかへつて来るのは　いつもここだ
古ぼけた鉄製のベッドが隅にある
固い木の椅子が三つほど散らばつてゐる
天井の低い　狭くるしい　ここだ

ランプよ　おまへのために
私の夜は　明るい夜になる　そして
湯沸しをうたはせてゐる　ちひさい炭火よ
おまへのために　私の部屋は　すべてが休息する

——私は　けふも　見知らない友を呼びながら
歩き疲れて　かへつて来た　街のなかを　私は　けふも　疑つてゐた
そして激しく
渇いてゐた……

窓のない　壁ばかりの部屋だが　優しいが
すつかり容子をかへてくれた……私が歩くと
ここでは　私の歩みのままに　光と影とすら　揺れてまざりあふのだ

優しき歌

光のなかで

風は　あちらの梢で
僕を招いてゐるが　僕は
ここを離れずにゐる
裸の眼にうつる青い空と白い雲と……

僕は　いまからは　明るい
太陽と光とばかりを
とらへようとおもふ
影のなかに　ながいこと　ひとりでゐたが

おまへを　おもふと　僕は
たしかに　つよく　力にみちて来る

ここのせまい身のまはりが
こんなにひろく豊かになる

しかし　それは飾られたのではない
僕らの心が　耐へて　さうなるのだ

地のをはりの

地のをはりのあたたかい日のやうな陽の色が僕らの風景にはあつた。そしてせせらぎの音がいつもよりよくきこえた。けふで僕らの夏がをはる。僕の夏　おまへの夏　そしてこの村の夏が　をはる、といふより秋が僕らの手にしつかりとつかまれねばならない。出発だ！

山鳩の声が私にそれを思ひ出させた。
私は「瞬間におまへに出会つた」のではないと
私はいくつもの風景や物体にささへられて
おまへとの出会を刻々につくりあげて行つたのだ――

そして山鳩が　六月のやや暑い午前の陽ざしのなかで啼いてゐた……
カツコウやウグヒスといつしよに——
あれらの鳥はどこへ行つたか　私の手に秋草の花をのこしたまま

やがて北に私はとほく旅をつづけるだらう。私は何を見るだらう？——
私はとうにそれを知らない……しかし私はそれをかなしまない。私は毎日
歩くだらう。私は毎日進むだらう。見知らないものばかりが私のまはりに
ひろげる風景のなかを——そのときおまへは私を一体どこにさがすだらう
か、そして私を知り得るだらうか。

花の蕾を
おさへるやうに
私は　おまへの
掌を　おさへる
とぢられた　おまへの

瞼は　かすかにふるへてゐる
——私はなにをきいてゐる？
陽はどこかの空でねむつた
ここは　せまい

北

ちひさな耳の　きき分けない
秋の歌は　空のあちらを
渡つてゐるやうだ――
山が　日に日に　色をかへはじめる
私の行けないあのあたりで
まだもつと向うに何かがある
青い嘴を持つ小鳥らが
それを私に告げながら
枝に疲れをやすめてゐる

アダジオ

光あれと　ねがふとき
光はここにあつた！
鳥はすべてふたたび私の空にかへり
花はふたたび野にみちる
私はなほこの気層にとどまることを好む
空は澄み　雲は白く　風は聖らかだ

風詩

丘の南のちひさい家で
私は生きてゐた！
花のやうに　星のやうに　光のなかで
歌のやうに

恢　復

私の心が傷ついたとて
それを私はいまはおそれない
ひとつの声が正しく命じる
——地に忠であれ！　と

私はここにふたたび帰つて来た
かなしみも　にくしみもまた
ひとつに溶けた……昨日と今日とが
いりまじる深い淵に——

優しき歌

それを　私は　おもひうかべる
暑いまでに　あたたかかつた　六月の叢に　私たちの
はじめての会話が　用意されてゐたことと
白銀色に光つた　青空の下のことを

そして
物音も絶えた　しかし
にぎやかだつた　あのひとときに
あのひとことが　不意に　私の唇にのぼつたことを

おまへは　拒まなかつた……
私は　いま　おまへを抱きながら
閉ぢられたおまへのうすい瞼に　あの日を読むやうにおもひうかべる
それは　あやまちではなかつたらうか　いまもなほ　悔いではなかつ
たらうか
だが　しかし　ゆるやかに　私たちの眼ざしの底から
熱い夢のやうな　しあはせが　舞ひのぼる　陽炎のやうに

優しき歌

旅のをはりに

かへつて来たのが
いけなかつた？……私らは
曇り日の秋の真昼に　池のほとりの
丘の上では　いつかのやうな話が出来ない

黄ばんだあちらの森のあたりに
明るい陽ざしが　あればいいのに！
……なぜ　こんなに　はやく　私らの
きづいたよろこびは　消えるのか

手にあまる　重い荷のやうに
昨日のしあはせは　役に立たない
私の見て来た　美しい風景らが
おまへの眼には　とほくみなとざされた……
私らは　見知らない人たちのやうに　お互ひの
足音に　耳をすませ　最初の言葉を待つてゐる

灼ける熱情となつて

灼ける熱情となつて
自分をきたへよ
ためらつて　夕ぐれに
青い水のほとりにたたずむな

白く光る雲を　風に吹かれる空を
ちひさく飛んでゆく鳥の道を　ながめて
自分のなげかひを　語りかけようと
ねがふな！

ほとばしれ
千人の胸へ
しっかりと摑む胸へ

愛と　正しいものとの
よって来るところのものと
きづくものとを　確かに知れ

朝　に

きのふのやうに　僕たちは
たそがれの水路のほとりに
暮れやらない　空のあかりをながめながら
長い嘆かひに　時をうつしてはならない

陽が見えない空のあたりを
赤く染めながら　今夜が明けようとしてゐる
風は　つめたく　身体を打つが　僕たちは
あたらしいものの訪れを感じてゐる

それが何か　それがどこからか——
けふ　私たちは岬に立つて
眼をあちらの方へ　投げ与へよう
ひろいひろい　水平線のあちらへ

≫昨日は　をはつた！≪
すべては　不確かに　僕たちを待つ

南国の空青けれど

南国の空青けれど
涙あふれて　やまず
道なかばにして　道を失ひしとき
ふるさと　とほく　あらはれぬ

辿り行きしは　雲よりも
はかなくて　すべては夢にまぎれぬ
老いたる母の微笑のみ
わがすべての過失を償ひぬ

花なれと　ねがひしや
鳥なれと　ねがひしや
ひとりのみ　なになすべきか

わが渇き　海飲み干しぬ
かなたには　帆前船　たそがれて
星ひとつ　空にかかる

年譜

一九一四年（大正三）　〇歳

七月三〇日、東京市日本橋区橘町三丁目一番地（現中央区東日本橋3―9―2）に、父貞次郎、母登免（通称光子）の次男として生まれる。長男一郎は前年に三歳で死去。弟達夫（大正五年生まれ）がある。家業は発送用木箱製造業を営んでいた。母方の祖先は、水戸の藩儒立原翠軒、その子で画家の杏所であると道造は語っていたそうである。

一九一八年（大正七）　四歳

四月、浜町の幼徳幼稚園に入園する。剣舞の練習を始める。

一九一九年（大正八）　五歳

八月二二日、父貞次郎が死去し、家督を相続する。家業の店は、「立原道造商店」と店名を変更するが、実際には母と番頭がしきることになる。

一九二一年（大正一〇）　七歳

四月、区立久松小学校に入学。六年間首席を通す。「子供の科学」を愛読する。

一九二三年（大正一二）　九歳

九月一日、関東大震災で自宅が焼失。千葉県東葛飾郡新川村大字北（現流山市北）の親戚豊島方に身を寄せ、新川小学校に転校。一二月に自宅跡に仮住まいが完成し、久松小学校に戻る。

一九二五年（大正一四）　一一歳
夏、奥多摩の御岳で避暑。以後夏の恒例となる。

一九二七年（昭和二）　一三歳
三月、久松小学校を卒業。四月、府立第三中学校（現両国高校）に入学。この頃パステル画を始める。絵画部、音楽部、博物部、雑誌部に所属。七月二四日の芥川龍之介の自殺にショックを受ける。夏休みを御岳で過ごす。

一九二八年（昭和三）　一四歳
多摩派の歌人でもあった国語教師橘宗利の影響で短歌の習作を始める。一一月、同級生金田敬の妹久子（小学校六年生）を識り、ひそかに思慕するようになる。

一九二九年（昭和四）　一五歳
三月、「学友会誌」に短歌「硝子窓から」一一首を載せる。神経衰弱となり四月からの一学期を休学。震災のときに身を寄せた豊島方で療養生活を送り、夏は御岳で過ごす。八月下旬、友人、弟と霞ヶ浦に飛行船ツェッペリン号を見学に行く。九月、橘宗利と北原白秋を訪ねる。一〇月、自宅の本建築が完成し、二階のテラスからの天体観測に熱中する。一一月、「学友会誌」に口語自由律短歌を発表。この頃手製歌集『葛飾集』『両国閑吟集』を作る。

一九三〇年（昭和五）　一六歳
三月、「学友会誌」に短歌『鴉の卵』抄」を掲載。五月、三中校長の広瀬雄留任運動の中心になって活動するが、留任には失敗。夏は、恒例の御岳行きもなく、受験準備に追われる。

一〇月、金田久子への思慕がつのり、久子への愛を記念して自選詩集『水晶簾』を作る。一一月、「学友会誌」に短歌掲載。天文学に関心を深める一方画家になることも夢見るが、母の意見で画家志望は断念する。

一九三一年（昭和六）　一七歳

三月、府立三中を卒業。四月、第一高等学校理科甲類に入学。同学年に生田勉、松永茂雄、文科に猪野謙二、江頭彦造、国友則房、田中一三、寺田透がいた。五月、一高歌会に出席し、「詩歌」の同人近藤武夫を知り、師事する。初夏の頃、金田久子への恋は終わる。七月、三木祥彦の筆名で短歌一二首が「詩歌」に載る。以後一二月まで毎号掲載。一〇月、一高の「校友会雑誌」に物語「あひみてののちの」が載り、注目される。

一九三二年（昭和七）　一八歳

一月、一高歌会で知り合った杉浦明平との交遊が始まる。ローマ字による口語自由律短歌「Uta」を「向陵時報」に発表。二月、同人雑誌「こかげ」を寮で同室の畠山重政らと創刊。春休みには畠山と伊豆・大島を徒歩で旅行する。六月に「詩歌」を退会。夏頃からは四行詩の試作が始まり短歌から詩への移行がみられる。九月、寮を出て自宅通学を始める。この頃、手製四行詩集『さふらん』を作る。

一九三三年（昭和八）　一九歳

春頃、堀辰雄を自宅に訪ね、文学上の教えを受ける。五月、手製詩集『日曜日』を作る。夏は、御岳で読書三昧。三好達治『測量船』『室生犀星詩集』『萩原朔太郎詩集』『ランボオ詩集』『リルケ詩抄』などを読む。秋、近藤武夫のすすめで建築学を専攻することにする。一二月、手製詩集『散歩詩集』を作る。

一九三四年（昭和九）　二〇歳

三月、第一高等学校卒業。四月、東京帝国大学工学部建築学科に入学。同級に小場晴夫、柴岡亥佐雄らがいた。三階屋根裏部屋を自室とする。五月、堀辰雄を通じて、三好達治、丸山薫、津村信夫を識る。とりわけ津村信夫の詩に共感をおぼえる。六月、同人誌「偽画」を江頭彦造、猪野謙二、沢西健と創刊。一一月に第三輯で廃刊するまで物語「間奏曲」散文詩「子供の話」物語「メリノの歌」を寄稿する。七月九、一〇の両日、ブルーノ・タウトの公開講義を聴く。七月から八月は、信濃追分の油屋などに滞在。軽井沢に室生犀星を訪ねる。滞在中、千葉の弁護士の娘、関鮎子を識る。八月二一日に追分を発って、渥美半島福江の杉浦明平を訪ねる。一〇月、第二次「四季」の創刊に加わる。

一九三五年（昭和一〇）　二一歳

二月、萩原朔太郎『氷島』に感銘を受ける。三月、小住宅の設計で、辰野金吾賞を受賞。五月、同人誌「未成年」を、江頭、猪野、寺田、杉浦らと創刊。昭和一二年一月の第九号まで刊行。「四季」六月号に訳詩「愛する〈リルケの主題によるヴァリエェション〉」を掲載。七月から九月にかけて追分・油屋に滞在。八月五日には浅間山の噴火を見る。柴岡亥佐雄の紹介で横田ミサオ・ケイ子の姉妹を識り、妹のケイ子に心ひかれ彼女を「エリーザベト」と呼ぶ。追分では関鮎子とも再会。また油屋に滞在していた今井春枝（箏曲家今井慶松の次女）を通じて音楽への理解を深める。この頃『新古今和歌集』などの古典に興味を抱くようになる。九月下旬、名古屋に生田勉を訪ねたのち帰京。帰京後関鮎子への思いがつのり苦悩する。

一九三六年（昭和一一）　二二歳

二月、「四季」同人制となり、その同人となる。三月、再度辰野金吾賞を受賞。頻繁に演奏会に通い、音楽への関心を深める。四月、中村眞一郎を識る。この頃、関鮎子結婚。七月八日、追分行きの車中で今井春枝と再会、翌日半日を春枝と過ごし別れに際して水晶の十字架を贈られる。七月、八月は追分に滞在。野村英夫、加藤周一らと知り合う。八月四日、今井春枝結婚。八月二五日、友人土井治と南紀旅行に出発。九月、奈良、伊良湖岬を回って帰京。下旬、寺田透と絶交する。一一月、道造が翻訳したシュトルム『林檎みのる頃』が山本書店から刊行される。

一九三七年（昭和一二）　二三歳

二月、手書き本『萱草に寄す』を橋宗利に贈る。三月、東京帝国大学を卒業。卒業設計は、「浅間山麓に位する芸術家コロニイの建築群」。三度目の辰野金吾賞を得る。四月、石本建築事務所に就職。六月、道造のソネット「鳥啼くときに」「わかれる昼に」に基づく今井慶明（春枝の兄）作曲「ゆふすげびとの歌」が、上野の奏楽堂で発表される。英文学者阿比留信（本名・豊田泉太郎）の山荘を設計するも実現せず。七月『萱草に寄す』刊行（本の奥付は五月）。八月から九月にかけては追分と東京を何度も行き来する。一〇月上旬、肋膜炎で発熱し、療養する。一一月一九日、滞在中の追分油屋が類焼、あやうく難を逃れる。一二月、第二詩集『暁と夕の詩』を刊行。この頃から、浦和別所沼のほとりに小住宅風信子（ヒアシンス）ハウスを計画。そのための図面やスケッチを製作しはじめ、友人宛のハガキにデッサンを描いて送ったりした。

一九三八年（昭和一三）　二四歳

一月一六日、『暁と夕の詩』の出版記念会が銀座ミュンヘンで開かれる。油屋再興のための募金に奔走。四月、同じ建築事務所にいた事務員水戸部アサイと交際するようになる。それとともに風信子（ヒアシンス）ハウスの計画も生活に適した機能的なものに変わっていく。五月、横浜・日吉の秋元邸を設計。唯一実現した住宅となる。七月二〇日、石本建築事務所を休職。八月、営業を再開した追分油屋で野村英夫・中村眞一郎らと共同生活をする。追分滞在中に詩集『優しき歌』の構想がまとまる。一旦帰京の後、九月一五日に東北旅行に出掛ける。盛岡では愛宕山下にある画家深沢紅子の生家の山荘「生々洞」に一カ月ほど滞在。そこに野村英夫が突然あらわれ、二週間滞在する。一〇月二〇日、帰京。一一月一五日には、水戸部アサイと浦和の風信子ハウスの敷地を見に行く。一一月二四日には奈良、京都から長崎を巡る旅に出る。長崎では建築事務所の同僚武基雄の生家武医院に滞在。そこで一二月六日に喀血。一四日帰京し、二六日に中野区江古田の東京市立療養所に入所。水戸部アサイの看護を受ける。室生犀星・津村信夫が見舞いに訪れる。

一九三九年（昭和一四）

一月、堀辰雄夫妻をはじめ友人達の見舞いを受ける。二月一三日、第一回中原中也賞受賞が決まる。賞金百円を回復祝いにしようなどと言って喜ぶ。しばらく小康状態であったが、三月二九日、病状が急変して午前二時二〇分死去。四月六日、自宅で告別式が行われる。戒名は温恭院紫雲道範清信士。享年二四歳八カ月。墓所は東京・谷中多宝院。二九日、「四季」主催の授賞式と追悼会が本郷の「鉢の木」で行われる。

＊本年譜は、角川書店版『立原道造全集』所収の年譜を主に、その他の資料を元に作成しました。（中沢　弥）

本書は、角川文庫旧版（平成十一年一月二十五日初版）を底本としました。改版にあたり、一部俗字や本字を常用漢字にあらためたほか、仮名遣いを一部修正しました。

本文中には、黒ん坊、百姓など、今日の人権意識に照らして使うべきでない語句がありますが、作品発表当時の時代背景や著者が故人であることなどを考え合わせ、原文のままとしました。

（編集部）

優《やさ》しき歌《うた》

立《たち》原《はら》道《みち》造《ぞう》

平成11年　1月25日　初版発行
令和５年 12月25日　改版初版発行
令和６年　1月15日　改版再版発行

発行者●山下直久

発行●株式会社KADOKAWA
〒102-8177　東京都千代田区富士見2-13-3
電話　0570-002-301（ナビダイヤル）

角川文庫 23945

印刷所●株式会社KADOKAWA
製本所●株式会社KADOKAWA

表紙画●和田三造

●お問い合わせ
https://www.kadokawa.co.jp/（「お問い合わせ」へお進みください）
※内容によっては、お答えできない場合があります。
※サポートは日本国内のみとさせていただきます。
※Japanese text only

Printed in Japan
ISBN 978-4-04-114329-2　C0192

◆◇◇

角川文庫発刊に際して

角川源義

第二次世界大戦の敗北は、軍事力の敗北であった以上に、私たちの若い文化力の敗退であった。私たちの文化が戦争に対して如何に無力であり、単なるあだ花に過ぎなかったかを、私たちは身を以て体験し痛感した。西洋近代文化の摂取にとって、明治以後八十年の歳月は決して短かすぎたとは言えない。にもかかわらず、近代文化の伝統を確立し、自由な批判と柔軟な良識に富む文化層として自らを形成することに私たちは失敗して来た。そしてこれは、各層への文化の普及滲透を任務とする出版人の責任でもあった。

一九四五年以来、私たちは再び振出しに戻り、第一歩から踏み出すことを余儀なくされた。これは大きな不幸ではあるが、反面、これまでの混沌・未熟・歪曲の中にあった我が国の文化に秩序と確たる基礎を齎らすためには絶好の機会でもある。角川書店は、このような祖国の文化的危機にあたり、微力をも顧みず再建の礎石たるべき抱負と決意とをもって出発したが、ここに創立以来の念願を果すべく角川文庫を発刊する。これまで刊行されたあらゆる全集叢書文庫類の長所と短所とを検討し、古今東西の不朽の典籍を、良心的編集のもとに、廉価に、そして書架にふさわしい美本として、多くのひとびとに提供しようとする。しかし私たちは徒らに百科全書的な知識のジレッタントを作ることを目的とせず、あくまで祖国の文化に秩序と再建への道を示し、この文庫を角川書店の栄ある事業として、今後永久に継続発展せしめ、学芸と教養との殿堂として大成せんことを期したい。多くの読書子の愛情ある忠言と支持とによって、この希望と抱負とを完遂せしめられんことを願う。

一九四九年五月三日

角川文庫ベストセラー

藪の中・将軍　芥川龍之介

『今昔物語』を典拠に、真実の不確かさを巧みな構成で鮮やかに提示した「藪の中」、神格化された一将軍の虚飾を剝ぐ「将軍」等、様々なテーマやスタイルに挑戦した大正10年頃の円熟期の作品17篇を収録。

羅生門・鼻・芋粥　芥川龍之介

荒廃した平安京の羅生門で、死人の髪の毛を抜く老婆の姿に、下人は自分の生き延びる道を見つける。表題作「羅生門」をはじめ、初期の作品を中心に計18編。芥川文学の原点を示す、繊細で濃密な短編集。

トロッコ・一塊の土　芥川龍之介

写実の奥を描いたと激賞される「トロッコ」、一つの事件に対する認識の違い、真実の危うさを冷徹な眼差しで綴った「報恩記」、農民小説「一塊の土」ほか芥川文学の転機と言われる中期の名作21篇を収録。

或阿呆の一生・侏儒の言葉　芥川龍之介

時代を先取りした「見えすぎる目」がもたらした悲劇。自らの末期を意識した凄絶な心象が描かれた遺稿「歯車」「或阿呆の一生」、最後の評論「西方の人」、箴言集「侏儒の言葉」ほか最晩年の作品を収録。

高野聖　泉　鏡花

飛騨から信州へと向かう僧が、危険な旧道を経てようやくたどり着いた山中の一軒家。家の婦人に一夜の宿を請うが、彼女には恐ろしい秘密が。耽美な魅力に溢れる表題作など5編を収録。文字が読みやすい改版。

角川文庫ベストセラー

D坂の殺人事件　江戸川乱歩

名探偵・明智小五郎が初登場した記念すべき表題作を始め、推理・探偵小説から選りすぐって収録。自らも数々の推理小説を書き、多くの推理作家の才をも発掘してきた大乱歩の傑作の数々をご堪能あれ。

黒蜥蜴と怪人二十面相　江戸川乱歩

美貌と大胆なふるまいで暗黒街の女王に君臨する「黒蜥蜴」。ロマノフ王家のダイヤを狙う「怪人二十面相」。乱歩作品の中でも屈指の人気を誇る、名探偵・明智小五郎の二大ライバルの作品が一冊で楽しめる！

鏡地獄　江戸川乱歩

少年時代から鏡やレンズに異常な嗜好を持っていた男の末路は……（「鏡地獄」）。表題作のほか、「人間椅子」「芋虫」「パノラマ島奇談」「陰獣」ほか乱歩の怪奇・幻想ものの代表作を選りすぐって収録。

天衣無縫　織田作之助

太宰治、坂口安吾らとともに無頼派として活躍し、大阪という土地の空気とそこに生きる人々の姿を巧みに描き出した短編の名手による表題作を始め、「夫婦善哉」「俗臭」「世相」など代表的短編を集めた作品集。

武蔵野　国木田独歩

人間の生活と自然の調和の美を詩情溢れる文体で描き出し、日本の自然主義の先駆けと称された表題作をはじめ、初期の名作を収録した独歩の第一短編集。（解説：中島京子）

角川文庫ベストセラー

角川文庫ベストセラー

細雪 (上)(中)(下)　谷崎潤一郎

大阪・船場の旧家、蒔岡家。四人姉妹の鶴子、幸子、雪子、妙子を主人公に上流社会に暮らす一家の日々が四季の移ろいとともに描かれる。著者・谷崎が第二次大戦下、自費出版してまで世に残したかった一大長編。

刺青・少年・秘密　谷崎潤一郎

腕ききの刺青師・清吉の心には、人知らぬ快楽と宿願が潜んでいた。ある日、憧れの肌を持ち合わせた娘と出会うと、彼は娘を麻睡剤で眠らせ、背に女郎蜘蛛を刺し込んでゆく――。「刺青」ほか全8篇の短編集。

吾輩は猫である　夏目漱石

苦沙弥先生に飼われる一匹の猫「吾輩」が観察する人間模様。ユーモアや風刺を交え、猫に託して展開される人間社会への痛烈な批判で、漱石の名を高からしめた。今なお爽快な共感を呼ぶ漱石処女作にして代表作。

坊っちゃん　夏目漱石

単純明快な江戸っ子の「おれ」(坊っちゃん)は、物理学校を卒業後、四国の中学校教師として赴任する。一本気な性格から様々な事件を起こし、また巻き込まれるが。欺瞞に満ちた社会への清新な反骨精神を描く。

草枕・二百十日　夏目漱石

俗世間から逃れて美の世界を描こうとする青年画家が、山路を越えた温泉宿で美しい女を知り、胸中にその念願を成就する。「非人情」な低徊趣味を鮮明にした漱石の初期代表作『草枕』他、『二百十日』の2編。

角川文庫ベストセラー

三四郎　夏目漱石

大学進学のため熊本から上京した小川三四郎にとって、見るもの聞くもの驚きの連続だった。女心も分からず、思い通りにはいかない。青年の不安と孤独、将来への夢を、学問と恋愛の中に描いた前期三部作第1作。

それから　夏目漱石

友人の平岡に譲ったかつての恋人、三千代への、長井代助の愛は深まる一方だった。そして平岡夫妻に亀裂が生じていることを知る。道徳的批判を超え個人主義的正義に行動する知識人を描いた前期三部作の第2作。

李陵・山月記・弟子・名人伝　中島敦

五千の少兵を率い、十万の匈奴と戦った李陵。捕虜となった彼を司馬遷は一人弁護するが。讒言による悲運を描いた「李陵」、人食い虎に変身する苦悩を描く「山月記」など、中国古典を題材にとった代表作六編。

文字禍・牛人　中島敦

アッシリヤにある世界最古の図書館には、毎夜文字の霊が出るという。文字に支配される人間を寓話的に描いた「文字禍」をはじめ、「狐憑」「木乃伊」「虎狩」等短篇の名手が描くワールドワイドな6篇を収録。

汚れつちまつた悲しみに……　中原中也詩集　中原中也　編／佐々木幹郎

16歳で詩人として出発し、30歳で夭折した中原中也。昭和初期、疾風怒濤の時代を駆け抜けた稀有な詩人の代表作品を、生きる、恋する、悲しむという3つの視点で分類。いま改めて読み直したい、中也の魂の軌跡。